Fabienne, das Sternenkind

Mögen die Menschen sich wieder an ihre Träume erinnern.

Margit Eres Kronenberghs

Fabienne, das Sternenkind

… ein Märchen – nicht nur für Kinder

Bibliografische Information der Deutschen Nationalbibliothek
Die Deutsche Nationalbibliothek verzeichnet diese
Publikation in der Deutschen Nationalbibliografie; detaillierte
bibliografische Daten sind im Internet über http://dnb.d-nb.de
abrufbar.

© 2012 Margit Eres Kronenberghs
Illustrationen: Mascha Justus
Satz, Umschlaggestaltung, Herstellung und Verlag:
BoD – Books on Demand
ISBN 978-3-8448-9333-5

Inhalt

Für Fabienne und alle Menschen der Erde

Möge die Erde dich nähren und der Himmel dich beschützen.

Möge die Sonne dein Herz mit Freude erfüllen und der Mond deine Träume begleiten.

Möge der Wind Leid von dir hinwegtragen und der Regen deine Sorgen klären.

Mögen die Klarheit deines Verstandes und die Reinheit deines Herzens dein Handeln bestimmen.

Mögen wahre Freunde dich begleiten.

Möge dein Leben unter einem guten Stern stehen.

… bewahrt euch euren Blick für die Schönheit der Erde und verliert niemals eure Träume.

Margit Eres Kronenberghs

Mein Dank gilt Mascha Justus.

Sie hat die Energie dieses Buches in die wunderschö-
nen Illustrationen übersetzt, die von ihr liebevoll und
achtsam gestaltet wurden.

Es gibt ein paar Plätze auf der Erde, von denen aus man die Sternenwiese sehen kann. Die Luft muss ganz klar sein und man muss ganz genau hinsehen.

Wenn man nach oben sieht, entdeckt man zuerst nur ganz viele Sterne, aber wenn man dann die Augen etwas zusammenkneift, kann man ganz weit dahinter Tausende und Abertausende von kleinen blitzenden und funkelnden Sternen sehen, die sich wie eine große, unendliche Wiese über den ganzen Himmel ausbreiten.

Dort, auf dieser Wiese, ist das Zuhause von Fabienne.

Die Sternenwiese

Fabienne saß auf ihrer Blumenschaukel und sang zusammen mit den Vögeln der Sternenwiese ein Lied. Manchmal hielt sie einfach inne, drehte ihr Gesicht der Sonne zu und ließ die Strahlen in ihrem Gesicht tanzen. Sie musste dabei die Augen ein wenig zusammenkneifen, so flirrend war das Licht auf der Sternenwiese. Alles um sie herum, die Bäume, die Gräser, die Vögel, die Schmetterlinge und die Blumen, schien ein wenig in diesem Licht zu tanzen. Auch Fabienne stand auf und bewegte ihren leichten Körper ganz sanft mit dem Wind. Ihr Körper schien aus Licht zu sein und ihre langen, braunen Haare bewegten sich wie Wellen des Meeres. Sie war so glücklich, dass sie wieder zu Hause sein durfte.

„Fabienne", hörte sie plötzlich jemanden ihren Namen sagen, „wir brauchen deine Hilfe." Ein Lichtmann stand ganz dicht neben ihr. Sie hatte gar nicht bemerkt, dass er zu ihr gekommen war. Er sah sie mit seinen liebevollen Augen bittend an. Fabienne wusste, dass seine Bitte eine Aufforderung war. Ihr Herz wusste, sie musste gehen, wohin er sie auch schicken würde. Und doch – bei ihrem letzten Besuch auf der Erde hatte sie den Verstand der Menschen kennengelernt und sie hatte gelernt, dass man sich auch über das Gefühl des Herzens hinwegsetzen kann. Vielleicht sollte sie einfach einmal versuchen, den bequemen Weg zu gehen. „Lichtmann, ich war schon zweimal auf der Erde. Beim ersten Mal durfte ich sie mir einfach nur ansehen. Ich durfte auf dem Bauernhof leben, mit den vielen Tieren und den lieben Menschen. Es war eine schöne große Familie, und wir haben viel gelacht und viel miteinander gesungen. Ich habe damals nicht verstanden, was ich zu tun hatte, aber vielleicht sollte ich ja nur sehen, wie schön die Erde sein kann."

Fabienne hielt für einen Moment inne und ihre sanften Augen veränderten sich. In ihnen spiegelte sich plötzlich alle Traurigkeit der Welt. Fabiennes Blick senkte sich und ihre Stimme wurde ganz leise. „Doch beim zweiten Mal habe ich versagt. Sie nannten mich die Prinzessin mit den traurigen Augen. Ich habe die Erde und die Menschen so sehr geliebt und ich wollte all diese Liebe verschenken. Ich wollte helfen, ich wollte den Armen etwas zu essen geben, ich wollte die Schmerzen der Kranken lindern, ich wollte, dass die Kriege aufhören. Doch irgendwann merkte ich, dass die Menschen meine Hilfe nicht wirklich annehmen wollten – und deshalb bin ich gegangen. Erst als ich weg war, haben sie verstanden, was ich ihnen sagen wollte."

„Fabienne, sei nicht traurig. Du hast nicht versagt. Du hast die Menschen auf der Erde verzaubert. Doch irgendwo ganz tief in ihrem Inneren spürten sie deine eigene Traurigkeit. Und wie soll man das Lachen und die Freude am Leben von einem traurigen Menschen lernen? Du warst nicht für die Menschen auf der Erde, sondern um selbst zu lernen – um dich selbst vorzubereiten auf die ganz große Aufgabe, die

du übernehmen sollst." Der Lichtmann sah Fabienne mit großen, ernsten Augen an. Es war, als würde er ihr Herz mit Blicken berühren.

„Fabienne, die Erde ist in großer Gefahr! Bist du bereit, noch einmal auf die Erde zu reisen und den Menschen zu helfen?" Fabienne blinzelte in die Sonne, ließ ihren Blick über die Sternenwiese schweifen und sagte:

„Ich bin bereit!"

Das Kristallhaus

In dem Kristallhaus war das Licht noch flirrender als draußen auf der Wiese. Hier wohnten die sechs Lichtmänner und sechs Lichtfrauen. Sie waren weise und gütig und regierten auf der Sternenwiese. Das Schönste an ihnen waren ihre Augen. Man hatte das Gefühl, als ob man durch ihre Augen ganz tief in ihre Herzen schauen könnte.

Nachts reisten sie durch das Universum. Und wenn sie feststellten, dass ein Planet in Gefahr war, suchten sie ein Sternenkind aus, das auf diesen Planeten reisen und ihn retten sollte. Sie wussten, was für ein großes Opfer sie dabei von den Sternenkindern verlangten, aber sie wussten auch, dass nur ganz allein die Sternenkinder die Planeten retten konnten.

Fabienne schaute sich um. Sie war schon zweimal im Kristallhaus gewesen, um sich auf einen Besuch auf der Erde vorzubereiten. Das erste Mal war sie voller Freude und Leichtigkeit gewesen. An das zweite Mal konnte sie sich kaum erinnern.

Doch heute fühlte sich alles ganz merkwürdig an. Ihr Herz schlug ihr bis zum Hals. Ihr Körper vibrierte, als ob sie spürte, dass irgendetwas ganz Großes, ganz Wichtiges geschehen würde.

Ein Lichtmann und eine Lichtfrau kamen auf sie zu. „Fabienne, wir danken dir, dass du diese große Aufgabe übernimmst. Wir haben dich ausgesucht, weil dein Herz voller Liebe und Freude ist. Die Erde ist in großer Gefahr. Die Augen der Menschen haben sich verschlossen. Sie können die Schönheit der Erde nicht mehr sehen und ihre Herzen haben sich versteinert. Sie sind traurig und ohne Hoffnung, haben keine Achtung mehr voreinander und führen Kriege. Und die Menschen haben sogar das Lachen und ihre Träume verloren."

„Was soll ich tun, wie kann ich die Erde retten?" Hilflos sah Fabienne die beiden Lichtwesen an. „Du wirst einen Weg finden." Als die Lichtfrau diese Worte zu ihr sagte, spürte Fabienne ganz tief in sich, dass diese wusste, sie würde es schaffen. Fabienne atmete noch einmal tief durch und folgte den Lichtwesen durch den langen Flur im Kristallhaus.

Sie kannte den Raum, in dem sie auf die Reise zur Erde vorbereitet wurde. Sie stellte sich in die Mitte des Raumes. Dort legte sie ihren Lichtmantel ab, und ganz langsam fing ihr Körper an, sich zu verändern. Er wurde fester, nicht mehr so strahlend. Die Farbe veränderte sich leicht. Fast schon sah sie aus wie ein Mensch.

„Wir müssen dir noch etwas sagen, Fabienne. Diesmal ist es anders als bei deinen beiden letzten Besuchen auf der Erde. Sobald du auf der Erde ankommst, wirst du dich nicht mehr an deine Heimat erinnern können. Du musst nicht nur aussehen wie ein Mensch. Wenn du wirklich die Herzen der Menschen berüh-

ren und die Erde retten willst, dann musst du dich auch fühlen wie ein Mensch."

„Werde ich das wirklich schaffen? Wenn ich mich nicht an die Sternenwiese und mein Zuhause erinnern kann – wie soll ich den Menschen von der Schönheit und der Freude erzählen?"

„Du wirst nichts erzählen müssen, Fabienne. Du wirst wie ein Mensch die Schönheit der Erde entdecken, und mit der Liebe, die du dabei ausstrahlst, wirst du die Menschen so tief berühren, dass ihre Herzen sich öffnen werden. Habe keine Angst – dein Herz wird dir den Weg zeigen." Fabienne vertraute sich den Lichtwesen an und wusste, dass sie erst auf der Erde wieder aufwachen würde.

Der Geburtstag

Manchmal, wenn sie nachts nicht einschlafen konnte, setzte Fabienne sich an das Fenster neben ihrem Bett und schaute sich den Sternenhimmel an. Sie wohnte mit ihren Eltern in einem großen Haus im Wald, auf einer Tannenlichtung. Die Menschen im Dorf nannten es das alte Forsthaus. Der Himmel über diesem Haus war übersät mit Sternen. Und wenn die Nächte ganz klar waren und die Luft fast flirrend, hatte Fabienne oft das Gefühl, dort oben im Sternenhimmel etwas zu entdecken, was ihr sehr vertraut war. Ihr Herz fing an zu vibrieren, aber sie konnte sich nicht erinnern.

Eines Nachts konnte Fabienne vor lauter Aufregung nicht schlafen. Der nächste Tag war der 12. April und sie wurde an diesem Tag fünf Jahre alt. Ihre Mutter hatte einen Geburtstagskuchen gebacken und Fabienne hatte alle ihre Freundinnen und Freunde aus dem Kindergarten eingeladen. Es war ihr erstes großes Fest. Alle Menschen um sie herum würden feiern, dass Fabienne geboren wurde.

Sie fühlte sich wie eine kleine Prinzessin. Und ihr Papa hatte ihr extra für diesen Tag ein wunderschönes Kleid gekauft. Vor lauter Müdigkeit muss Fabienne dann wohl doch irgendwann eingeschlafen sein, denn als ihre Mutter sie am Morgen weckte, war es schon ganz hell im Zimmer. „Guten Morgen, kleine Prinzessin, du hast heute Geburtstag. Komm

17

schnell, mach dich schön, heute ist ein Feiertag für dich!" In der Küche war Fabiennes Platz mit bunten Luftballons und Schleifen geschmückt und ihre Eltern sangen ihr ein Geburtstagslied. Sogar die beiden Katzen schienen sich ganz besonders fest an ihren Beinen zu reiben, um ihr zu gratulieren.

Der Regen hatte nachgelassen und ein paar Strahlen der Frühlingssonne schienen in die Küche. Es war ein schöner Tag. Fabienne war ganz aufgeregt, bald schon würden ihre ganzen Freunde kommen. Der Tisch war gedeckt und mitten darauf stand ihre Geburtstagstorte mit fünf Kerzen.

Und schon klingelte es an der Tür, das Fest konnte beginnen. Ihre Freunde standen mit Geschenken um den Tisch und freuten sich schon auf die ganzen Leckereien. Es wurde Kuchen gemampft, heiße Schokolade getrunken und auch die Schokoküsse schmeckten lecker. Heute musste niemand aufpassen beim Essen – sogar mit den Fingern durfte man nachhelfen – und das Aufräumen übernahmen ausnahmsweise die Erwachsenen. „Geburtstag zu haben ist schön", dachte Fabienne und ging nach draußen, wo ihre kleinen Gäste im Wald und auf der Wiese herumtobten.

„Lasst uns in den Wald gehen, Tiere jagen", sagte Olaf. Er war der größte der Jungs. Ein Grinsen voller Vorfreude breitete sich über seinem Gesicht aus. „Nein, Olaf", sagte die Mutter von Fabienne, „ihr geht nicht in den Wald. Der Wald ist das Zuhause der

Tiere, er gehört ihnen. Ihr habt kein Recht, sie dort umherzuscheuchen. Im Haus und auf der Wiese habt ihr genügend Platz zum Spielen." Kaum war Fabiennes Mutter wieder im Haus, fing Olaf an zu flüstern. „Kommt mal alle her", sagte er ganz leise zu seinen Freunden. „Die Mutter von Fabienne hat uns doch verboten, die Tiere im Wald herumzujagen, weil dort ihr Zuhause ist. Hier im Haus wohnt aber Fabienne mit ihren Eltern. Das ist also nicht das Zuhause von Tieren. Also dürfen wir hier die Tiere jagen. Ich weiß, was wir tun. Wir werden die beiden Katzen jagen und sie an den Schwänzen ziehen. Los, kommt her, wir suchen die Katzen. Aber leise, damit uns niemand hört!"

Akira und Mikesch waren auf ihren Lieblingsplätzen. Akira lag auf dem Mauervorsprung vor dem kleinen Küchenfenster und Mikesch genoss auf der weißen Bank die ersten Sonnenstrahlen. Olaf und die Jungs schlichen sich an. Sie hatten zuerst Akira entdeckt und versuchten, sie am Schwanz zu fassen. Aber Akira war schnell und hatte keine Angst. Sie streckte ihre Krallen aus und zerkratzte Olaf die Hand. Schneller, als er schauen konnte, war Akira weggelaufen, um sich an einem sicheren Ort zu verstecken. Olaf war sehr wütend. Diese blöde Katze! Wie konnte sie es wagen, ihn zu kratzen? „Na wartet, euch Katzen werde ich es zeigen", dachte er und im gleichen Moment entdeckte er Mikesch, der behäbig auf seiner Bank schlief und an nichts Böses dachte. Der Kater fühlte sich so sicher zu Hause, weil er wusste, dass ihm niemand etwas zuleide tun würde.

Deshalb blieb er auch ganz ruhig liegen, als Olaf auf ihn zukam.

Erst als Olaf näher kam, schien Mikesch den Hass und die Wut des Jungen zu spüren. Es war, als ob kleine Funken von seinem Körper absprangen und sich auf Mikesch zubewegten. Doch als der Kater dies deutlich wahrnahm, war es bereits zu spät. Olaf hatte ihn schon am Schwanz gepackt. Der Junge zog ganz fest daran und schrie immer wieder: „Ihr blöden Katzen, wie könnt ihr es wagen, mich zu kratzen!" Er schlug auf Mikesch ein.

Fabienne wurde starr vor Entsetzen und Angst. Was machte Olaf mit ihrem Mikesch? Er verprügelte ein hilfloses Tier! Es war ihr egal, dass Olaf viel größer und stärker war als sie selbst. Fabienne nahm all ihren Mut zusammen und rannte auf ihn zu. „Hör auf damit, hör auf, du tust ihm weh! Er hat dir nichts getan!" Dicke Tränen kullerten aus ihren Augen, als Olaf Mikesch endlich losließ.

Doch dann wurde sie plötzlich ganz ruhig und schien fast erwachsen. „Olaf, sieh dir die Augen von Mikesch an! Siehst du die Angst? Dieser Blick gilt dir. Denke in Zukunft sehr gut darüber nach, ob du wieder ein Tier schlagen willst." Olaf war sehr beschämt und auch die anderen Kinder, die Olaf voller Spaß zugeschaut hatten, ohne Mikesch zu helfen.

Nachdenklich gingen die Kinder zurück zu den Spielsachen, doch die Geburtstagsfeier war zu Ende und nach und nach kamen die Eltern, um die Freundinnen und Freunde von Fabienne abzuholen. Niemand sprach mehr über die Angst von Mikesch, doch jedes der Kinder hatte die Augen von Mikesch gesehen, die Augen voller Angst, weil ihm Leid zugefügt wurde.

Das Träumeland

Beim Abendessen schenkte der Vater Fabienne noch viele kleine, lustige Päckchen. Er hatte sie extra bis zum Abschluss ihres Geburtstages aufgehoben. Fabienne freute sich über die bunte Kreide, die Klebebuchstaben und den Mini-Bauernhof mit den vielen Tieren. Sie spielte noch eine Weile und dann war es Zeit, ins Bett zu gehen. Waschen, Zähne putzen und ab in die Kuschelkiste. „Und jetzt ab ins Träumeland!" Jeden Abend, solange sie sich zurückerinnern konnte, war das der letzte Satz ihrer Mutter vor dem Einschlafen.

Natürlich wollte sie nie gerne einschlafen, aber erst einmal im Träumeland angekommen, war es wunderschön. Fabienne schloss ihre müden Augen und wartete auf die kleine Fee mit dem bunten Mantel. Die Fee kitzelte sie zuerst an der Nasenspitze mit einem kleinen Stöckchen und zauberte dann eine ganz lange, dünne silberne Schnur, die aus dem Nabel von Fabienne bis in den Himmel ragte. Als ob sie mithilfe dieser Schnur fliegen konnte, bewegte Fabienne sich in das Träumeland.

Alles war so anders als auf der Erde – heller, flirrender und fröhlicher. Die Elfen tanzten, die Feen sangen ganz leise wunderschöne Melodien, die Kobolde schlugen Purzelbäume und überall waren kleine goldene Vögelchen und viele, viele Kinder.

Die Kinder erzählten ihre Geschichten, alles, was sie am Tag erlebt hatten. Oft kamen sie traurig und weinend an. Dann kamen die Elfen und die Feen, fingen die Tränen der Kinder auf und verwandelten sie in kleine Murmelsteine, mit denen die Kinder zu spielen begannen. Und jedes Mal, wenn sie einen kleinen Murmelstein wegwarfen, war es, als ob sie damit all ihre kleinen und großen Sorgen von sich wegwerfen würden.

Der Urlaub

Fabienne ging zu ihrem Lieblingsplatz und setzte sich auf die Schaukel im Garten. Dort verbrachte sie viele Stunden und sang die Lieder, die sie im Kindergarten gelernt hatten. Die Strahlen der Frühlingssonne kitzelten sie im Nacken und Fabienne drehte sich um und ließ die Sonnenstrahlen in ihrem Gesicht tanzen.

In ein paar Stunden würde sie mit ihren Eltern in Urlaub fahren. Ihre Mutter packte schon die Koffer und ihr Vater putzte noch einmal das Auto. Fabienne beobachtete einen Schmetterling, der sich auf eine ihrer Lieblingsblumen setzte. Ob es im Urlaub wohl auch so schöne Blumenwiesen geben würde? Die Mutter hatte Fabiennes kleinen bunten Koffer gepackt und er stand schon im Flur. Ihr Teddybär saß daneben, als wollte er den Koffer bewachen. „Es kann losgehen, Fabienne", rief ihr Vater. „Komm her, wir fahren jetzt in den Urlaub!"

Langsam wurde es dunkel. Fabienne kuschelte sich in die Kissen, die ihre Mutter mitgenommen hatte, und schlief ganz tief und fest. Am nächsten Morgen wachte sie in einem herrlich weichen Bett auf und von ihrem Zimmer aus konnte sie direkt in eine wunderschöne Blumenwiese hineinschauen. „Mama, wie gut, dass ich die Blumen zu Hause nicht einfach aus der Erde herausgerissen habe", sagte Fabienne erleichtert zu ihrer Mutter, denn kurz vor der Abreise hatte sie einen Moment lang den Wunsch gehabt, all ihre schönen Blumen von der Wiese mitzunehmen. Und erst jetzt hatte sie den Mut zu erzählen, dass die Blumen ihr dabei ganz leise zugeflüstert hatten: „Lass uns in der Erde, hier sind unsere Wurzeln. Pflücke uns nur, wenn du wirklich jemandem eine Freude machen möchtest, ansonsten lass uns hier, wo wir wachsen und versorgt werden." Fabienne genoss die herrliche neue Blumenwiese und war glücklich, dass sie – obwohl es ihr merkwürdig vorkam – auf das Flüstern der Blumen gehört hatte.

Der Kulusaurus

Den ganzen Tag hatte es geregnet. Überall sah es düster aus. Fabienne hatte gar keine Lust, alleine in ihrem Zimmer zu spielen. Und als sie gerade runter in die Küche zu ihrer Mutter gehen wollte, schien es ihr, als ob aus der Ecke in ihrem Zimmer – neben dem Fenster, wo sonst immer der kleine gelbe Hocker steht – etwas Dunkles auf sie zukam. Sie fing an zu zittern und ihr kleines Herz schlug ihr bis zum Hals. „Das muss der Kulusaurus sein!", dachte sie. Schon so oft hatte sie ihn im Fernsehen gesehen. Sie rief nach ihrer Mutter, doch die hörte sie nicht. Fabienne war ganz alleine. Ihre Zimmertür war geschlossen und sie hatte Angst, sich umzudrehen, um weglaufen zu können. Vielleicht war der Kulusaurus ja schneller als sie und packte sie, während sie die Tür öffnen wollte.

Verzweifelt erinnerte Fabienne sich an die Worte ihrer Mutter. „Wenn der Kulusaurus kommt, dann bleib ganz ruhig stehen, mach eine feste Faust und zeig sie ihm! Sag laut: Ich bin stärker als du! Geh weg! Sonst geb ich dir eins auf die Nase! Wage es nicht, näher zu kommen, ich bin stärker als du!"

Fabienne stellte sich hin – erst noch ganz ängstlich. Doch als sie merkte, wie fest sie mit ihrer kleinen Hand eine Faust ballen konnte, hatte sie plötzlich gar nicht mehr so viel Angst.

Fabiennes Zimmertür ging auf und ihre Mutter kam herein. Da, der Schatten – er war weg! Sie hatte ihn tatsächlich verjagt. Er musste wohl gespürt haben, wie stark sie war. Sie war ganz stolz und erzählte allen Kindern im Kindergarten: „Versucht es doch einfach mal, wenn ihr wieder Angst habt. Macht eine Faust sagt, dass ihr stärker seid. Ihr werdet euch wundern, wie stark ihr wirklich seid!"

Das Zaubervögelchen

An ihrem fünften Geburtstag hatte Fabienne von ihrer Urgroßmutter ein Bild geschenkt bekommen. Es war ein kleiner goldener Rahmen. Es sah genauso aus wie die Vögelchen im Träumeland.

Urgroßmutter Mia war eine weise und gütige Frau und sie hatte gesagt: „Fabienne, wann immer du dir etwas wirklich von ganzem Herzen wünschst, sag es vor dem Einschlafen dem Zaubervögelchen. Es fliegt zu den Sternen und dann zu den Elfen und den Feen und erzählt es ihnen. Sie werden darüber nachdenken, ob es ein guter Wunsch ist, der niemandem wehtut und auch dir nicht schadet. Und wenn dein Wunsch diese Prüfung besteht, dann werden sie ihn dir erfüllen und das, was du dir gewünscht hast, zu dir bringen. Werde nicht ungeduldig und glaube fest daran!"

Fabienne hatte einen so großen Wunsch: Eine Prinzessin wollte sie sein. Nächste Woche sollte das große Kostümfest sein. Doch nirgendwo in der ganzen Stadt gab es noch eine einzige Krone, die auf ihren kleinen Kopf passte. Und was ist schon eine Prinzessin ohne Krone! Sie hatte die Hoffnung schon aufgegeben. Doch dann fiel ihr das Zaubervögelchen wieder ein. Abends beim Einschlafen dachte Fabienne noch einmal: „Heute muss ich unbedingt mein Zaubervögelchen im Träumeland besuchen. Wenn ich darum bitte, kann es mir ja vielleicht eine Krone besorgen." Und schon flog sie entlang der silbernen Schnur.

Es war, als ob das Zaubervögelchen auf sie gewartet hätte. Und als Fabienne ihre Bitte äußerte, erzählte es ihr von Lukas. Er war beim letzten Kostümfest ein Froschkönig gewesen. „Frage ihn doch mal, vielleicht liegt seine Krone noch in einer Kiste auf dem Dachboden oder im Keller", sagte das Zaubervögelchen.

„Zaubervögelchen, warum hast du mich nicht schon früher an die Krone von Lukas erinnert?", fragte sie. „Fabienne, eines ist im Träumeland wichtig: Du musst zuerst um etwas bitten, erst dann können wir dir helfen. Und du darfst niemals zweifeln! Wenn ein Wunsch die Prüfung bei den Sternen, Feen und Elfen bestanden hat, dann können wir jeden – wirklich jeden – Wunsch erfüllen!"

Die Kerze

Den ganzen Tag hatte Fabienne kleine bunte Papier-schnipsel ausgeschnitten. Marie – das Mädchen, das manchmal auf sie aufpasste – hatte ihr dabei gehol-fen. Ganz klebrig waren Fabiennes kleine Finger, als endlich all das bunte Papier auf dem Glas befestigt war. Marie half ihr noch, eine kleine Kerze hinein-zustellen, die Fabienne dann vorsichtig anzünden durfte. „Jetzt ist das Geschenk für meine Mama fer-tig!"

Freudestrahlend wartete Fabienne auf ihre Mama und sie war ganz enttäuscht, dass diese gar keine Zeit hatte. Es klang traurig und ein wenig erschöpft, als ihre Mutter sagte: „Ich muss noch arbeiten, ich habe noch so viel zu erledigen!" Fabienne durfte die kleine Kerze auf den Schreibtisch stellen und musste dann schlafen gehen.

Und während Fabienne schon im Träumeland war, saß ihre Mutter noch lange an ihrem Schreibtisch und schaute sich das bunte Glas mit der brennenden Kerze an. „Fabienne, du bist ein wunderbares Mäd-chen", dachte sie, „und ich wünsche mir so sehr, dass ich es dir in Zukunft inniger zeigen kann."

Die Lehrerin

„Mama, muss ich schon wieder in diese blöde Schule gehen?", fragte Fabienne und setzte dabei einen herzerweichenden Blick auf. „Ich mag die Schule nicht, und meine Lehrerin ist doof. Sie kann mich nicht leiden. Sie meckert nur rum und macht immer ein grimmiges Gesicht. Und außerdem hat sie eine zu große Nase. Ich finde sie hässlich."

„Wieso glaubst du denn, dass sie dich nicht leiden mag?", fragte die Mutter. „Sie sieht mich immer so böse an", sagte Fabienne, stampfte dabei mit dem Fuß auf den Boden und gab danach der Schultasche einen kräftigen Tritt.

Die Mutter von Fabienne ging ins Badezimmer und kam mit einem kleinen Spiegel zurück. „Fabienne, denk doch einfach noch einmal an deine Lehrerin und sieh mich an, als ob ich sie wäre." Fabienne kniff die Augen zusammen und presste ihre Lippen fest aufeinander. Ihre Wangen blähten sich dadurch ganz leicht auf. Sie sah ziemlich albern und missmutig aus. Noch bevor ihre Mutter ihr das kleine grimmige Gesicht im Spiegel zeigen konnte, musste Fabienne schallend lachen. Sie spürte, wie albern sie aussehen musste.

Und als sie einige Wochen später einen Aufsatz zum Thema „Ein lustiges Erlebnis" schreiben musste, erzählte Fabienne darin ihrer Lehrerin mit dieser Ge-

schichte, wie albern und wütend sie aussah, als sie an jemanden dachte, den sie nicht leiden mochte, und dass alle Menschen doch einmal in den Spiegel schauen sollten, wenn sie ein grimmiges Gesicht aufsetzten. Schien es ihr nur so – oder konnte ihre Lehrerin seit Kurzem sogar lächeln?

Der Drachen

Draußen schien die Sonne, die Vögel zwitscherten und die Katzen spielten in der Wiese. Fabienne schien von alldem nichts zu bemerken. Sie sah müde aus und legte ihre Stirn in Falten. Ab und zu trommelte sie ungeduldig mit ihren Fingern auf der Tischkante. Die Schule und das viele Lernen für diese Prüfung beschäftigten sie die ganze Zeit. Sie hatte abgenommen, ganz dünn war sie geworden. Nachts konnte sie kaum schlafen, ihre Augen wirkten unruhig. Sie konnte an nichts anderes mehr denken als an ihre Leistungen und Noten in der Schule.

Ein Motorgeräusch ließ Fabienne aufschrecken. „Das kann nicht sein", dachte sie, „Papa müsste doch eigentlich im Büro sein. Wieso kommt er jetzt schon nach Hause?"

„Fabienne, leg alles beiseite", sagte der Vater mit sehr ernster Stimme. „Ich kann es nicht mehr mit ansehen. Stell mir keine einzige Frage, setz dich einfach ins Auto. Wir beide fahren jetzt sofort weg – der Wind ist günstig." Fabienne war viel zu überrascht, um Fragen zu stellen. Die Ernsthaftigkeit in der Stimme ihres Vaters ließ sie spüren, dass er keine Widerworte dulden würde. So setzte sie sich ins Auto und ihr Vater fuhr los. Schon nach wenigen Minuten stellte er den Wagen vor einer großen Wiese ab.

„Du kannst aussteigen!", sagte er und ging zum Kofferraum des Wagens. Ohne große Worte holte er einen Drachen heraus. „Fabienne, wo ist mein Kind geblieben? Das Kind voller Leichtigkeit und Träume, voller Lachen und Lebensfreude? Du hörst die Vögel nicht mehr, du siehst die Blumen nicht mehr. Komm, wir lassen den Drachen fliegen und uns den Wind um die Nase wehen. Mach eine Pause, lass deine Gedanken wieder fliegen, spüre die Freude in dir und lache wieder. Lache und sei wenigstens für ein paar Stunden unbeschwert wie ein Kind."

Nicht alle in Fabiennes Klasse hatten das große Glück, einen solchen Vater zu haben, aber Fabienne strahlte nach diesem Nachmittag wieder so unendlich viel Lebensfreude und Zuversicht aus, dass alle in der Klasse davon berührt wurden und der bevorstehenden Prüfung jetzt wieder etwas gelassener entgegensehen konnten.

Die Aufgabe

„Mama, was kann man eigentlich tun, um den wirklich richtigen Beruf zu finden?", fragte Fabienne eines Tages ihre Mutter.

„Es gibt sicherlich viele Wege und Möglichkeiten, das herauszufinden. Du könntest dich mit unseren Freunden unterhalten, was sie beruflich machen, welche Aufgaben sie dabei haben, welche Verantwortung, wie man den Beruf erlernt. Du könntest aber auch einen Test machen, für welchen Beruf du geeignet bist. Oder aber du beobachtest einfach einmal dich selbst: Was tust du gerne, womit verbringst du deine Zeit am liebsten? Weißt du, ich meine jetzt nicht die Zeit, in der du einfach entspannst, Bücher liest oder träumst. Ein Beruf sollte irgendetwas sein, womit du deinen Beitrag für die Menschen leistest. Du solltest irgendetwas Sinnvolles tun, von dem andere Menschen Nutzen haben und wodurch du dich ernähren kannst. Und es muss vor allem etwas sein, das du mit Freude tust. Nur dann kannst du auf Dauer mit deinem Beruf glücklich sein."

„Ich singe gerne", sagte Fabienne. „Kann man damit den Menschen von Nutzen sein?"

„Wenn du es schaffst, mit deinem Gesang die Herzen der Menschen zu berühren, dann ganz bestimmt!"

Fabienne begann Gesangsunterricht zu nehmen. Sie war talentiert, aber trotzdem musste sie die harte Schule des Lernens durchleben. Sie musste üben, üben, üben. Und immer wenn sie kurz davor war, ihren Traum aufzugeben, hatte sie das Gefühl, einem inneren Drang folgen zu müssen, und machte tapfer weiter.

Und wenn die Schritte noch so klein waren – mit jedem einzelnen kam sie ihrem Traum ein kleines Stückchen näher. Mehr und mehr spürte Fabienne die Reaktion der Menschen auf ihre Stimme. Menschen blieben stehen, wenn sie sie hörten, und sie veränderten ihren Gesichtsausdruck – sie sahen entspannt aus. Es war, als würde Fabienne die Menschen mit ihrer Stimme berühren.

Und endlich kam der große Tag – ihr Traum ging in Erfüllung: ihr erstes großes Konzert. Fabienne stand auf der Bühne im Scheinwerferlicht und ihr Herz schlug bis zum Hals.

Dann begann sie zu singen. Ihr Körper vibrierte und fühlte sich ganz merkwürdig leicht an. Fabienne fing an, am ganzen Körper zu strahlen, und die Farbe ihrer Haut veränderte sich ganz leicht, kaum sichtbar. Es war, als ob sie einen Lichtmantel um sich legte.

Der Klang ihrer Stimme hallte durch den Raum und von ihrem Lichtmantel aus strömten winzig kleine Funken aus silberfarbenem Licht zu den Herzen der Menschen.

Es schien, als würde die ganze Erde für einen Augenblick stillstehen, als würden alle Menschen, Tiere und Pflanzen für einen Moment den Atem anhalten. Die versteinerten Herzen der Menschen fingen an zu vibrieren und wieder zu leben. Die Augen leuchteten und es war, als könnten die Menschen für einen Augenblick wieder die Schönheit ihrer Erde sehen.

Niemand wusste nach diesem Augenblick, was wirklich geschehen war – nicht einmal Fabienne. Doch das Licht in den Herzen konnte nicht wieder gelöscht werden. Die Erde war gerettet – Fabienne hatte ihre Aufgabe erfüllt.

Sie lebte noch lange auf der Erde. Die Menschen nahmen teil an ihrem Leben, und obwohl Fabienne alles erreicht hatte, was ein Mensch erreichen konnte, hatte sie sich die Augen ihrer Kindheit bewahrt, mit denen sie die Wunder und die Schönheit der Erde noch immer sehen konnte.

Sie wusste ganz tief in ihrem Herzen, dass sie nur deshalb so glücklich war, weil sie niemals – egal wie schwer der Weg schien – ihren Traum aufgegeben hatte. Und Tag um Tag berührte sie die Menschen durch ihr Lachen und ihre Liebe und ihre Freude am Leben und säte damit unermüdlich winzige Funken von Hoffnung in die Herzen der Menschen.

Mein Dank gilt meiner Tochter Fabienne.

Sie ist Fabienne, das Erdenkind – und sie unterstützt mich Tag um Tag dabei, meine Achtsamkeit in einem Leben zwischen Himmel und Erde immer wieder zu reflektieren.

Sie ermöglicht es mir und fordert es mir ab, in einem ganz normalen alltäglichen Leben das zu leben und unter Beweis zu stellen, was ich in meinem Beruf lehre – Präsenz, Achtsamkeit und Liebe.

Margit Eres Kronenberghs, geboren 1959, lebt und arbeitet als berufstätige Mutter in einem kleinen Dorf in der Nähe von Lüneburg und in Schleswig an der Schlei.

In ihren Seminaren in Hamburg und Schleswig unterstützt sie Menschen auf ihrem Weg in die Balance des Lebens und in ihrer Meisterakademie in Hamburg begleitet sie Menschen auf dem Weg in ihr eigenes Heil-Sein und ihr Wirken als energetische Heiler.

Ihr Fokus liegt auf der Achtsamkeit im Umgang miteinander, für sie ein wichtiger Schlüssel für ein Miteinander in der neuen Zeit.

Das Buch „Fabienne, das Sternenkind" ist schon lange vor der Geburt ihrer eigenen Tochter Fabienne entstanden, zu einer Zeit, als sie sich mit dem Gedanken beschäftigte, ein Kind zu begleiten auf seinem Weg zu einem achtsamen Menschen, der ein erfülltes, zufriedenes und gutes Leben lebt und seinen Beitrag zur Gesellschaft leistet. Die erste Veröffentlichung erfolgte bereits im Jahr 2001.

Weitere Veröffentlichung:
   Mensch-Sein: … die lange Reise in die Meisterschaft Mai 2012, ISBN- 978-3-8448-2393-6

Kontakt:
Margit Eres Kronenberghs, www.margit-eres.de